救救动物！

不合格的导盲犬

U0896682

〔日〕泽田俊子 著
〔日〕佐藤弥惠子 绘
麻春禄 译

目 录

1. 泽娜是个笨蛋?

泽娜是一条母拉布拉多猎犬。

它虽然一身黑，看起来很严肃，但受过导盲犬训练，不会吼叫或扑到人身上。

今天，我与泽娜的主人高桥女士一同来到小学，带孩子们了解导盲犬。

“Stay（别动）。”

听到口令后，泽娜很听话，在高桥女士向大家介绍导盲犬时，它一动不动地趴在地上。

“好聪明啊，它什么都听你的吗？”

高桥女士微笑着回答孩子们的问题：

“只要接受过专业训练，就能做到哦。”

“那——带它散步的时候，它会不会突然拉屎？”

“训练过它不在外面随便拉屎。”

“如果它忍不住了怎么办？”

“不会有那样的事。”

导盲犬已养成了习惯，在主人说可以的时候，才会大小便。

所以，在出门前主人会对导盲犬说“One-two”（让导盲犬上厕所时的口令），这时它们一定会去处理好大小便。

“我们已经让它养成了习惯，叫它上厕所，它就会去解决。这对导盲犬来说十分重要。更重要的是，这样一来，使用者（使用导盲犬的视力残疾人）也能够放心地外出了。大家说是不是？”

主人在饭店吃饭时，导盲犬一直乖乖地趴在桌子下面等待。

在小学讲话的
高桥女士和等待
口令的泽娜

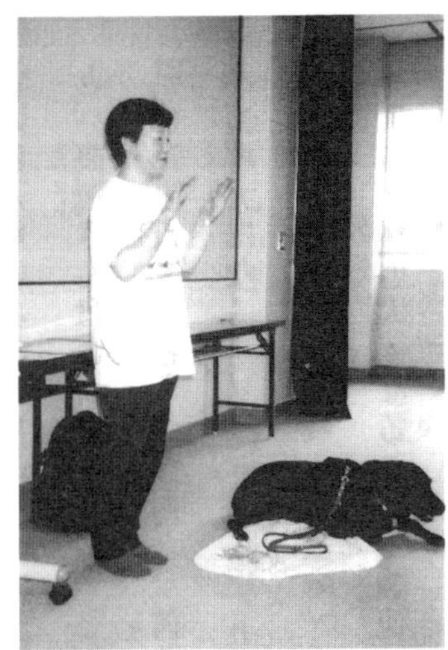

在台阶前停下的泽娜得到了训导员的表扬

“那不是明明想吃，却忍着不吃吗？好可怜啊。”

“不是这样的，它们知道这不是自己的食物，所以不会想吃。也许很多人觉得导盲犬动不动就要忍耐，很可怜……但那种想法是不对的。”

高桥女士这样说道。有的孩子歪着头，感到怀疑。

“成为导盲犬的拉布拉多猎犬或金毛猎犬原本都是对人类很友好的品种。它们非常喜欢帮助人类。”

“那么，导盲犬的训练是不是很严格？”

“你这样想的吗？但是……”

高桥女士高兴地说道：

“狗狗们都很期待训练呢。我们会教它们与训导员一起玩皮球，让它们知道与人类在一起是多么开心。估计它们成为导盲犬后也会觉得是在做游戏吧。”

“是这样啊。训导员真厉害啊。”

导盲犬的介绍结束后，大家都跑上前去抚摸泽

娜的头。即使被捏脸、拽尾巴，它也不生气。

“如果大家在外面遇到了导盲犬，千万不要去叫它或是摸它哦。”高桥女士说道。

在街上走的导盲犬是在工作，也就是在充当视力残疾人的眼睛。如果有人叫它们，就容易分散它们的注意力，这是很危险的。

“那——在它们不工作的时候，可以接近吗？”

“从外表上很难看出它们是不是在工作，所以最好不要接近哦。”

“要是这样的话，为什么我们可以摸泽娜呢？”

“因为它不是导盲犬。”

“啊？真的吗？但是刚才不是说它接受过导盲犬训练吗？”

“它接受了训练，但是没合格。”

“啊？没合格？”

“原来泽娜是个笨蛋啊。”

孩子们都笑着说泽娜是个笨蛋。

“不是这样的。”

高桥女士苦笑道。

"泽娜没能成为导盲犬是有原因的。"

"什么原因？"

"简单来说，就是它不适合。"

大家都看着高桥女士，露出不解的表情。

"泽娜的训练都通过了，但它是个胆小鬼。"

"泽娜是个胆小鬼？没想到啊，看上去可是挺凶的。"

像黑豹一样的泽娜老老实实地趴在地上。

"在训练时，泽娜原本是很听话的，但在一个地方不论我们怎么命令'Go（前进），泽娜，go'它也不动了。"

原来那里是块选举时张贴很多候选人海报的大公告板。泽娜似乎很害怕那块公告板，发出了"呜呜"的声音。

即使勉强走过了那里，之后再走到那里也还是一样。在公告板前，泽娜似乎感到自己被很多人盯着，所以感到害怕。

不论训练结果如何优秀，如果像泽娜这样戒备心过强，或是太过于高兴、喜欢吼叫，就不能成为导盲犬。

“咦，高兴也不行吗？”

“对，高兴过头了就会兴奋起来，忘记自己的职责。”

“不让它高兴，那也太难了吧？”

“是啊。所以我们不是硬让它们不高兴，而是选那些性格不容易高兴的狗。”

高桥女士说，在审核一条狗是否适合做导盲犬时，对它的任何细微的性格都要严格检查。因为任何微小的地方都可能威胁到视力残疾人的安全。

“例如，它们有时会像训斥小狗一样‘呜呜’地叫。一般训导员教它们不叫后，它们就会安静下来……”

但其中也有不断“呜呜”叫的狗，慢慢地变成了威胁人的吼叫。有的狗具有很好的品性，作为导盲犬的训练也都能通过，但就是改不掉喜欢吼叫的性格。

“这样的狗就不合格了。”

“啊，就因为这个？”

“如果视力残疾人带着的狗在街上叫起来了会怎么样？”

“嗯，会怎么样？”

“闭上眼睛试试。”

听高桥女士这么说，大家都闭上了眼睛。这时，泽娜“汪”地叫了一声。

大家都不自觉地睁开眼去看。

眼睛能看到的人会去看狗为什么会叫。但对于视力残疾人来说，如果自己带着的狗突然叫起来，主人却不知道发生了什么事，一定会十分慌张。

“对吧，一定会感到担心吧。所以有吼叫习惯的狗就不适合做导盲犬。但不能因为这个而叫它们笨蛋。它们只是与大家一样，有各自的性格而已。”

“可是，不能成为导盲犬有点没面子啊。”

“是吗？但是它们即使不能成为导盲犬，也能各自发挥自己的作用呢。”

“怎么发挥作用？”

“例如泽娜现在可以帮助我让大家了解导盲犬。

另外还有做服务犬的狗狗，以及做魔术师的狗狗。”

“真的吗？”

“对，魔术师。”

高桥女士像要变魔术似的从口袋中取出一块手帕，慢慢地举到头上擦了下汗。大家都笑了起来。泽娜也开心地摇起尾巴。

“阿姨，下次还能再讲讲其他不合格狗狗的故事吗？”

“好啊。对了，给你们看一个好东西。”

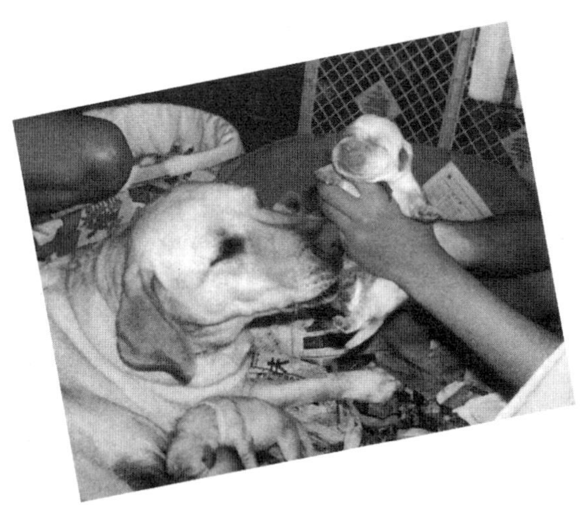

用舌头舔着刚出生的幼犬的种犬假日

高桥女士从包中取出一张照片。

“啊，是小狗，好可爱。”

“这是导盲犬的种犬生的小狗。”

“种犬是什么？”

“就是那些经过严格筛选、具备导盲犬特质的狗爸爸和狗妈妈。这样的父母可以生出适合做导盲犬的小狗。”

小狗出生后五十天左右，会被送到寄养家庭[①]。

“只生活在训练所的狗窝中是不会了解外面世界的。”

作为导盲犬出生的小狗在每天的生活中，体验着街道的情景和交通情况，一点一点地记住“人类社会的规则”。

“所以，最好把它们放在普通家庭中，与普通人一起生活。”

在狗狗小的时候，多让人宠爱它是很好的，这在建立狗与人的信任关系上十分重要。

---

① 领养将要成为导盲犬的小狗的家庭。

“大多数名犬在小的时候都特别顽皮，拖鞋、桌子腿，什么都去咬。”

有的小狗把刚装修的墙壁咬得一塌糊涂，还有窗帘、报纸、鞋、外套、包、毛巾、毛衣……

有的小狗觉得还不过瘾，甚至去咬人。

“它们与其说是在走，不如说是在房间里跳。”

所有寄养家庭都说，不论小狗多么顽皮，都觉得它可爱。大家聚在一起时，都在夸自己的小狗。

“这些顽皮的小狗在寄养家庭生活了一年后就

会变得很听话。”

拉布拉多猎犬和金毛猎犬原本就是性情温和的狗。而且它们都是由优秀的种犬生出来的，到底还是不一样。

“长到一岁时，它们会返回训练所，接受成为导盲犬的训练。”

高桥女士拿出一张一岁时的狗的照片给大家看。这条狗看上去已经像成年狗了。

“有多少接受训练的狗可以成为导盲犬啊？”

“据说在一起出生的兄弟姐妹中，大概有三到四成可以成为导盲犬吧。”

“那么这张照片中的狗也有没能成为导盲犬啊。”

高桥女士点了点头。

“这样啊，看起来大家长得都一样啊，好可惜。”

2. 什么样的狗不能成为导盲犬？

“杰贝林，OK。”

训导员将球扔出去后，杰贝林飞快地追了过去，然后得意扬扬地叼着球跑了回来。

“Good（真棒），杰贝林，good。”

杰贝林得到表扬后，十分高兴。

这次训导员说“Wait（等着）”，然后又扔出了球。杰贝林听懂了训导员的话，这次一动不动地等待指令。

导盲犬的训练中有扔球游戏等内容，可以让狗狗开心地进行训练。所以狗狗都很喜欢训练。

“一起玩吧。我玩得很好哦。还玩之前的游戏吧。”

杰贝林的眼神中似乎透露着这样的期待，静静地等着训导员的指示。

训导员在玩皮球中，逐渐引导杰贝林自己去思考。

狗狗自己去思考。

这是很重要的事。

视力残疾人是不清楚道路情况的。如果狗狗感到危险，停下了脚步，主人也会发出“Go”的命令。

但在危险的时候，导盲犬无论听到什么指示，都不能去遵守。因此才进行让狗狗自己思考的训练。

杰贝林的训练进展得很顺利，但到了让它自己思考的阶段时，却不知怎么办好了。

“明明让我‘向右’，我为什么不能向右走呢？哪里危险？这点小沟我很容易就能越过的。”

“不行不行，你自己能过去也不行。好好想想。”

训导员反复训练杰贝林，但杰贝林只是老老实实地遵守训导员的命令。它无法理解训导员大声命令自己“Go”，有时自己却不能前进的情况。

于是，杰贝林便成了不合格的导盲犬。

戴上导盲鞍[①]在街上走时，要清楚地意识到哪里有台阶和障碍物，这是导盲犬训练中需要让狗狗掌握的要领。还有遇到停放在路边的自行车和垃圾箱时该如何应对，主人说“Wait”时该如何等待，等等。这些事大概需要花费半年时间教会狗狗。

训练合格的狗狗在之后约两个月的时间里，要结合使用者的情况进行针对性训练。

例如，如果使用者经常去医院，那么就训练导盲犬记住去医院的路；如果使用者住在有铁道口

---

① 安装在导盲犬身体上的器具，是连接使用者与导盲犬的重要纽带。

的城市，就训练导盲犬记住经过铁道口时的注意事项。

但是，即使能够通过训练，如果是像泽娜这样警戒心过强，或是像杰贝林这样过于遵守命令的话，也是成不了导盲犬的。此外还有因为一点点缺点而不能成为导盲犬的狗，例如胆小、过于兴奋、喜欢叫的狗，或是喜欢猫的狗。

因为哪怕是一件小事也会威胁到视力残疾人的安全。

有的狗每次要给它戴上导盲鞍时，都会向后退缩。戴上导盲鞍后，它也会服从指令，什么都能做，但因为它实际上并不开心，训导员感到它太可怜了，所以也不合格。

2012年，日本的导盲犬有一千零四十三条。在日本全国，训练导盲犬的机构有十个，2011年，共有约六百条狗接受了训练。其中成为导盲犬的有一百三十六条。

汪汪
汪汪
汪汪
汪
汪

训练一条导盲犬大概需要花费四百万日元。如果中途发现不合格，会产生很大的损失。但为了视力残疾人的安全，不论是多么优秀的狗，只要发现一点问题，训练所也会毫不犹豫地放弃。

大阪府有一个叫作日本灯塔导盲犬训练所的机构，这里每年训练六十条狗，其中约有六七成不合格。

不合格的狗基本都是作为宠物狗饲养。

作为宠物狗交给领养人时，不是按照先来后到的顺序，而是参考领养人申请时填写的资料，慎重地选择适合不合格犬的家庭。通过调查领养人的生活方式来判断，例如家庭成员、现在是否饲养其他狗狗、住宅是公寓还是独栋楼房、是否可以饲养狗狗等。

然后被选中的家人与狗狗见面，喜欢的话就可以带回家。如果不适合这个家庭的生活方式，也可以退回来。因为今后要与这个家庭的人长期生活，不能勉强。

偶尔会有人家觉得不适合而将狗狗退回来。如果出现这种情况，一般会找下一个候补家庭。然后再见面……如果还是不行，就不断地寻找新家庭，直到找到符合这条狗狗的家庭为止。

接收了不合格犬的人家都说它们“非常聪明，跟人很亲近，很可爱”。

能够与这样的家庭相遇，是狗狗的幸福。

不合格犬原本就是性情温和的狗，而且它们还受过训练，很听话。那些喜欢撒娇、喜欢缠人、喜欢叫、喜欢咬人[①]等不符合导盲犬标准的毛病，放到宠物狗身上，有时就成了值得炫耀的优点了。

有的人喜欢狗狗咬拖鞋时的样子，觉得很可爱。

“快看，它可喜欢咬拖鞋了。这已经是第三双了。”

有的主人还会炫耀地说：“我一吃草莓，它就会蹿出来，戳我的后背要草莓吃。快看，是吧？”

“你看它这可怜的表情，这是想要我陪它玩。

---

① 不是真咬，而是带着撒娇的心情轻轻地咬。

来客人时，它总是这个样子，真是个爱撒娇的孩子。”

女主人这样说道，然后摸着狗狗的头说：“好了好了，知道了。”

就像这样，在接收不合格犬的家庭里，狗和人都生活得很幸福。

有的不合格犬虽然作为宠物狗饲养，同时也在其他地方发挥着作用。

它们到底发挥了哪些作用呢？

3. 拯救生命的本吉

在接收本吉的寄养家庭中，有个男孩的脚因骨折而打上了石膏。本吉有时会扑向这个行动不便的男孩，那样子似乎在说“嗨，来和我一起玩吧”。

但是对于受伤的男孩来说，本吉的这个动作只会让他感到害怕。而且本吉只是在大人不在身边时才向男孩扑去，就好像在说“我比你厉害哦”似的。

因此，本吉被送到了其他寄养家庭。

但是在新的寄养家庭，本吉也出了问题。有一次在它吃东西时，家人靠近了它，它发出“呜呜”的叫声，把家人的手咬了。

日本灯塔导盲犬训练所决定对本吉的性格进行详细观察，看看能不能纠正它的攻击性性格。

一天，训练所接到一个电话。

“我的女儿不去上学，原来是因为在学校长期遭到欺凌……我一点也不知道。现在感到十分难受，不知道该怎么办好。作为妈妈，我现在也正与女儿一起接受心理辅导。这样下去我也快坚持不下去了。”

电话里这位妈妈的声音显得很焦急。接电话的中村所长（时任）认真地听着，不漏一字一句。

“女儿从小就说想当训导员。我想通过让她实现梦想的方法来克服她现在的心理障碍。”

“欢迎欢迎。我们见面后详细谈一下吧。”

中学一年级的里美与妈妈一起来到了训练所。中村所长见到里美的第一感觉是“这个孩子在努力躲避自己不愿看到的东西”。

里美从小学二三年级时就开始遭受欺凌。家人发现这一情况时，已经是中学一年级了。在这之前，里美都是一个人在承受。

中学的班主任得知这一情况后，向所有同学发了一张纸，告诉大家“欺负过里美的人把情况写下来”，结果收集了很多情况。

“因为是自愿申报，所以实际上有这些情况的应该是三倍。”老师告诉里美的妈妈。

父母得知里美不去学校是由于从小学开始的欺凌后，身心都十分疲惫。他们从广岛特意来到这个建在大阪一座山中的日本灯塔导盲犬训练所，因为他们感到这里是最后的救命稻草。

里美从小就是一个关爱小动物及弱势群体的孩子。有一天，她对妈妈这样说道：

“这世界上的人既有胖的也有瘦的，既有个子高的也有个子矮的，为什么就因为眼睛看不见，就被叫作残疾人呢？看不见的人也能用指尖阅读，不能说话的人也能用手语交流啊。”

在里美上小学低年级时，有一次，从附近的特别护理养老院来了一位老奶奶。她靠人搀扶着双手，问道："里美的家是在这里吗？"

妈妈不明所以地回答："是的，怎么了？"

"这几天里美没有来，我很担心。请把这个交给里美。"

老奶奶拿出一根切成两半的香蕉。

"这是今天养老院发的香蕉。"

搀扶老奶奶的助手解释道。看样子里美放学后经常去养老院玩。

老人们平时没有人来看望，所以都很欢迎里美。里美的妈妈知道这件事后十分惊讶。

现在也不清楚为什么这样关心人、心地善良、绝对不说让人讨厌的话的里美会受到欺负。

听说有的男生站在厕所前对里美说"去死，去死"。

里美小学时的一个女同学在老师发的纸上这样写道：

"有一次，里美对我们说：'要是我不在了就好了是吧？这样大家就都能开心了对吧？’然后就蹲在了铁道上。我慌忙将她拉了出来。”

看到这张纸，里美的妈妈吓了一跳。大概是里美不想让大家担心，自己被欺负的事没有对父母和姐姐说一句。

里美在参加远足和运动会时，一点都不开心。家里还有她与同学的合影，里美板着脸，但她已不记得当时的事了。里美每天努力忘掉不开心的事，将它们排出自己的记忆。她似乎就是通过这个方法坚持了下来。

中村所长一见到里美，就明白了这一点。所以他感到“这个孩子在努力躲避自己不愿看到的东西”。

“现在导盲犬正在生小狗宝宝，要不要去看看？”

中村所长将里美带去看狗的生产。里美感动得哭了出来。

“这个孩子需要帮助。”

中村所长这样想，于是决定将本吉交给里美。

“导盲犬就是视力残疾人的眼睛。但是这次本

顽皮时的本吉

吉一定会保护里美的生命。”

如果再训练一次，本吉也许能成为一条优秀的导盲犬。但为了里美的生命，中村所长决定将本吉托付给里美。

“请让里美照顾本吉。即使里美上补习班什么的回家晚了，也不要代替她照顾本吉。”

中村所长加重语气对里美说：“本吉会保护里美的，里美也要保护好本吉哦。

“听好了，里美，如果里美你出了意外，本吉也会死去的。”

里美用力点了点头。所长相信本吉具备的强大力量可以挽救这个孩子。

从那以后，里美每天早晚带本吉出去散步。早上是五点半，晚上是五点（有培训班时由爸爸代替），每天都固定散步一个小时。就连下雨天也没有中断过。

中村所长教会了想要成为训导员的里美一些口令。

例如来到十字路口时，让本吉确认“Right（右）”“Left（左）”。直走时，对本吉说“Straight，go（直走）”。里美严格地遵守着这个规则。

喂食（干狗粮）和喂水的活也交给里美做了。

晚上，本吉在里美的床下睡觉。半夜想去厕所时，本吉便叫醒里美。里美便起床开门，带本吉到院子里，等着它上完厕所，然后再回来。

自从接触、照顾本吉之后，里美明显有了变化，说话的声音也变得响亮了，笑容也多了。

“Good boy（好孩子）。”

里美夸奖本吉的话也逐渐变得发自内心了。

“我一定要成为训导员。我要考兽医资格证，成为一个能治病的训导员。为此就必须上学……”

里美的想法逐渐明确了。

听到里美说要上学时，爸爸和妈妈更多的是担心，而不是高兴。

“可能又会被欺负。”

“我们可以搬家哦。”父母建议道。

可是里美摇了摇头，说：

“我不想逃走。”

最后，里美还是去了原来的学校。在初一，里美因为讨厌学校而经常请假。可到了初二、初三，里美一直坚持上学，从未旷课过。

之后，里美升学到当地的高中。渐渐地，其他初中来的学生都知道里美被欺负的事了。

“没必要勉强与那些人做朋友，和我们在一起吧。”

从其他中学来的几个人邀请里美加入他们。凑巧他们也喜欢画漫画，与里美的兴趣相同。

能拥有谈笑风生的朋友是一件很好的事。从此，里美放下心来投入学习，成绩也不断提升。

“我是个笨蛋，所以我学习不好。”

里美曾经这样想过，但实际上并不是这样。遭受欺负时的里美将全部精力都用在保护自己上，她只是没有精力去学习而已。

向着自己目标努力的里美显得很美。里美的妈妈每次看到这样的里美，就不禁感谢里美与本吉的相遇。

“如今回想起来，里美当时就徘徊在生死的边缘。是本吉救了她。”

这对本吉来说也是一样。自从与里美一同生活后，本吉完全变了，性情变得平和了。

里美的妈妈笑眯眯地说：“它十分温和，难以想象它曾经是条又吼叫又咬人的不合格犬。它老实听话，一起出去时，一点也不用操心。”

还是中村所长说得对：“本吉会保护里美的，里美也要保护好本吉。”

里美遵守了与中村所长的约定。本吉也回应了里美。里美与本吉互相信任，分别解决了自身的问题。

里美进入补习学校的宿舍住后，父母代替她照顾本吉。他们散步回来后，会顺便去养老院，代替里美与老人们聊天。

本吉好像在说："我与里美是好朋友。"

4. 成为魔术师的拉唐

拉唐是一条母拉布拉多猎犬，它好奇心很强，训练时经常走神。拉唐对人也很感兴趣，如果有人叫它，它就会忘记自己的任务，被吸引过去。拉唐的好奇心强、喜欢与人亲近的性格导致它不适合做导盲犬。

接收不合格犬拉唐的是住在九州大分县别府市的牧野先生一家。

牧野先生经营着一家大酒店，同时还担任着别府市观光协会的会长等很多职务。他经人推荐参加了众议院的选举，但遗憾落选，因此而感到身心俱疲。

牧野先生回忆道："那时我变得不相信人了。"他当时必须去做酒店的工作，虽然心里很清楚这点，身体却不听使唤，无论如何也不愿意出门。

"这与旷课一样。每天根本无法工作，什么都不想做，只是坐在家里看电视消磨时间。"

牧野先生的这种状态持续了半年。

一天早上，他看到自己很喜欢的一只小鸟死了，就更加消沉了。这时来了一个电话。是日本灯塔导盲犬训练所打来的。原来牧野先生之前从宠物医生那里听说了不合格犬的事，曾申请领养一条。

"您要来看看吗？"

训练所邀请了牧野先生。但牧野先生已经完全失去了动力，不太愿意去。但是他想"这是答应了人家的事，还是先去看看，然后再拒绝就行了”。

于是他与妻子康江及当时上高三的女儿小步一起去了日本灯塔导盲犬训练所。

相遇是件奇妙的事，牧野先生不知不觉已将拉唐抱在了怀里。

虽然领养了拉唐，牧野先生自己却不愿意照顾它，因为牧野先生疲惫的身心还没有恢复。拉唐一直由小步照顾。

一个月后，小步成为大学生，去了福冈。临走前，她对爸爸说："你要代替我好好照顾拉唐哦。"

虽说拉唐接受过训练，但它是条刚出生一年半的小狗，十分爱玩，力气也很大。在散步时，看到感兴趣的事物时，马上就要跑过去。身体弱小的牧野夫人根本拉不住她。

牧野夫人是酒店的老板娘，每天工作很忙，对于照顾拉唐感到很棘手。于是她对丈夫说："我有点照顾不了它了，你能不能照顾一下？"

于是牧野先生不情愿地接受了带拉唐散步的

任务。

牧野先生不好意思地说：“我当时真的很不情愿。”

这是牧野先生时隔很久的外出。他感到阳光很耀眼。

牧野先生家的前面是大海，还有沙滩和公园。拉唐高兴地走着，时而转过头来睁着大眼睛看着牧野先生，那神情仿佛在说“快和我一起玩吧”。

牧野先生的口袋里带着一个球，因为他听训导员说过狗狗很喜欢玩球。

来到沙滩后，牧野先生用力将球远远地扔了出去。拉唐一下子跑过去追球，身体里充满了力量。然后它叼着球得意地返回来，仿佛在催促牧野先生再扔一次。

牧野先生扔了很多次球，拉唐每次都高兴地将球叼回来。

“好，这次扔到海里去了哦。”

牧野先生虽这么说，但没有期望拉唐能真的去取。然而拉唐真的跳进海里游了起来。

非常喜欢与主人玩的拉唐

不会出事吧？牧野先生开始担心起来。但是他多虑了，只见拉唐叼着球悠闲地游了回来。

“好！干得好！不错不错，good boy。”

牧野先生一把抱住了湿淋淋的拉唐。拉唐高兴地用舌头舔着牧野先生的脸。

牧野先生原本是出于无奈才带拉唐散步的。随着时间一天天过去，他惊奇地发现，原来带拉唐散步真的很开心。

自从拉唐来到牧野先生家后，牧野先生的身心都有了明显的改善。曾作为导盲犬接受过训练的拉唐努力地想理解牧野先生的语言和行动。

看着拉唐不断学习的样子，牧野先生很感动，觉得自己不能输给拉唐。于是有一天，他萌生了去练习高尔夫球的想法。

好久没去打高尔夫了，到了练习场，牧野先生发现自己打的球飞得很远，很是吃惊。原来因为每天和拉唐一起散步，自己的身体不知不觉变得强壮了。

鼓起干劲的牧野先生决定将自己的酒店改建成独一无二的酒店。

“对了，做一家可以观赏魔术的梦幻酒店。”

于是牧野先生请来专业的魔术师，每天练习魔术。当他看到盯着自己看的拉唐时，又想出了一个主意——教拉唐学魔术试试。

聪明的拉唐马上就理解了自己的任务。

牧野先生的酒店里，晚餐表演开始了。

狗狗在晚餐表演上大显身手。
服装也很到位

客人们看到拉唐穿着帅气的魔术师服装从箱子里走出来，十分开心。猜数字魔术博得了客人的喝彩。大家都停下用餐为拉唐鼓掌。

拉唐最近学会的是“石头剪刀布”。牧野先生将小朋友抱在自己的膝盖上，面向拉唐一起喊道：“石头剪刀，石头剪刀，石头剪刀，布！”拉唐和小朋友拍着手，引得全场大笑。现场的气氛十分和谐。另外还有人想和拉唐拍照。

每年一到暑假，很多客人为了见一见魔术犬拉唐，带着孩子全家前来入住。在这个时期，牧野先生的酒店总是爆满。牧野先生的酒店因饭菜美味以及建在海边而受人欢迎，但牧野夫妇笑着说：“这都是托了拉唐的福。”

魔术犬拉唐的本领不只是在舞台之上。它最拿手的魔术是让不喜欢狗的客人也喜欢上狗。

据说有一对年长的夫妇从小就不喜欢狗，他们从来也没有摸过狗。但他们被和善的拉唐吸引了，轻轻地摸了一下后，感动地说道：“狗狗的身体原来是这么柔软啊。”

拉唐的一天

8:00	上厕所。
8:30～9:30	身穿水兵服站在大门口送客。 这是在暑假期间为孩子们提供的服务。
9:30	吃饭。 有时牧野夫人太忙，拉唐的吃饭时间会晚一些。但拉唐从不催促，老老实实地等着。
11:00	最喜欢的散步，玩皮球。
12:00	上厕所。 有时练习新魔术。
19:00	表演。回家。吃零食。
23:00	上厕所。睡觉。

拉唐有一个朋友，是邻居家养的母金毛猎犬，叫玛珑。它俩总是一起出去散步，一起去追扔出去的球。

在沙滩上扔的球总是拉唐叼回来。没抢到球的玛珑拼命地追着拉唐。而扔到海里的球一般都是善于游泳的玛珑叼回来。自知不如的拉唐不会拼命去追，它只是装一下样子，然后马上就返回来。它那个机灵劲儿真是挺可爱的。

拉唐是因为好奇心太强才没能成为导盲犬。它因为这个毛病犯了不少错误。它曾经把一条冲到沙滩上的十厘米长的河豚一口吃了。牧野先生看到拉唐嘴上的尾鳍，慌忙给经常就诊的宠物医生打了电话。宠物医生说“马上把它带过来”，因为河豚有毒，有的狗因为吃了河豚，抽筋死了。宠物医生紧急给拉唐洗了胃，才算保住了它的性命。喜欢乱吃东西的拉唐让牧野先生十分担心。

拉唐有时还吃粪便。牧野夫人没有办法，给日本灯塔导盲犬训练所打电话商量后得知，确实有这种习惯的狗。

牧野夫人对丈夫说：“训练所那边说，给它吃菠萝罐头有可能改掉它吃粪便的习惯……”

拉唐很喜欢吃菠萝罐头，一转眼就吃完了。但吃粪便的习惯还是没有改掉。

拉唐和玛珑玩过皮球之后，会分别得到一个大的狗食口香糖。两条狗会嚼上三十分钟左右。

有时嚼着嚼着，拉唐会突然站起来，飞快地跑出去。原来它是跑去吃公园对面撒给鸽子的食物

了。玛珑却无动于衷，一心嚼着口香糖。估计这也是拉唐没能成为导盲犬的原因吧。

拉唐还忙于参加志愿活动。

它在女儿节时，去访问养老院，还在养老院表演魔术；在圣诞节时，打扮成圣诞老人的样子探访住院的老人。拉唐所到之处都是欢声笑语。

此外，拉唐还作为社友，参加扶轮社[①]的社友聚会。听说还去声援了牧野先生弟弟的选举。

拉唐还善于让吵架的夫妻和好。它会站到弱势者一边帮助他 / 她。

牧野夫人笑道："我们不忍心让它担心，最近也不吵架了。"

牧野先生休息时的乐趣是带着拉唐去高尔夫球场。

拉唐很识时务，在高尔夫球场既不去追球，也

---

① 由 140 万社员、社区领袖、朋友和合作伙伴组成的国际性服务组织，他们自愿贡献自己的技能和资源来解决问题并满足社区需求。——译注

不挖坑，很有礼貌地待着。在牧野先生打球时，拉唐会老老实实地站在稍远的地方看着。

牧野先生没想到与受过训练的狗一起生活会这么开心。他的球友也说：“要养狗的话，还是养不合格犬好啊。”

牧野先生用无比喜爱的眼神看着拉唐说道：“要是没和拉唐相遇，我到底会变成什么样呢？”

牧野夫人也高兴地说：“丈夫真的是变了。他不管去哪儿，都会马上回来。不是为找我，而是找拉唐。真的是喜欢得不得了啊。”

狗的寿命比人短。牧野先生一想到拉唐会死，就伤心得受不了。

“可以的话，我想再领养一条不合格犬。”

拉唐是改变了牧野先生人生的“大魔术师”。

5. 成为服务犬的橘子和探索

橘子和探索都是优秀的狗。它们能够准确快速地记住训导员教的事情。性格也很温和，不乱叫，是非常适合做导盲犬的狗。

遗憾的是，这两条狗都很胆小，因此没能成为导盲犬。而将它们作为宠物又太过可惜。

训练所认为，如果将它们交给看得见的人照看，也许能知道狗狗们到底为什么害怕。于是训练所将这两条狗交给了关西服务犬协会，让它们接受服务犬的训练。

服务犬是指帮助那些身体有障碍、必须依靠轮椅生活的人的狗。例如取东西、开关门、使用按钮以及协助行走等，根据患者的具体情

况训练狗。

关西服务犬协会的上农先生说道：“基本动作只有四个。只要让它记住这四个动作就行，剩下的就是应用。”

服务犬的基本动作包括：

① 跟在轮椅旁边走。

② 拉。

③ 捡。

④ 冷静地行动。

②的“拉”是指拉门把手或开冰箱门，以及帮助人脱衣服、袜子等事情。

③的“捡”不仅是捡起掉在地上的物品，还可以帮助残疾人抬起麻痹的手，以及抬起垂下的头等。

①～④这些基本动作由训导员进行训练。但重要的是使用者与狗之间要达成默契。这需要两者共同去完成。使用者要爱护狗狗，照看它们。正是因为相互信任才会有帮助。

橘子接受了辅助一个坐轮椅的大学生的训练。橘子已经在日本灯塔导盲犬训练所完成了导盲犬基本训练，所以它只需结合大学生所需的辅助进行训练即可。

这个大学生患了骨髓灰质炎（俗称小儿麻痹症），手脚关节和脖子都无法自由活动，因此抓东

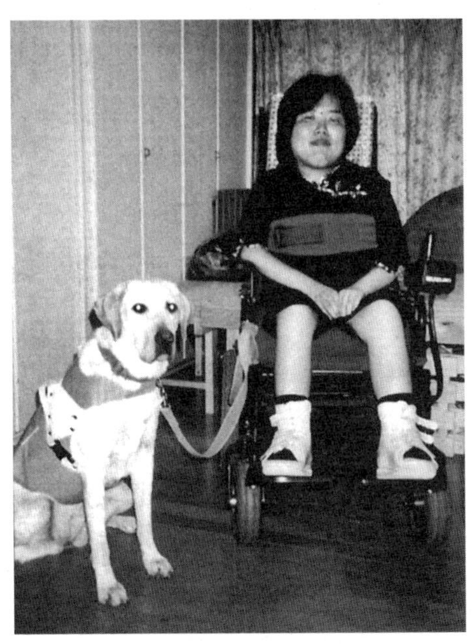

能够帮上忙，橘子看起来很高兴

西或拿东西很费事。

于是，训练所针对大学生做不好的事情训练橘子。现在橘子已经能替大学生开门或者取东西了。有服务犬橘子在身边，它成了大学生的坚强的精神支柱。

探索成了一位先生的伙伴，正在发挥自己的作用。这位先生患有难治之症，做过的手术超过一百次。

他的工作是针灸师，由于关节不灵活，无法迅速站起来，所以如果有工具掉在地上，要花很长时间才能捡起来。出现这种情况时，探索就会代替他捡起来。

此外，如果有电话打来，探索也会高兴地将电话听筒叼过来。

但是探索在训练时曾经咬碎过手机。而且在这位先生的家中，电话的母机和子机离得很近，手机也挂在附近，当这位先生说“把电话取来”时，探索有时不知道该取哪一个。

不过，经过这位先生的反复训练，探索终于记住了该取哪个电话。

最近，有个小偷进入了这位先生的家中。探索立刻就发现，并制伏了小偷。与此同时，这位先生按下了通知警备公司的警铃，警备公司立即赶到，抓住了小偷。

探索原本因为胆小而没能成为导盲犬，这次却

保护了主人的探索。现在的它已经非常自信了

立即保护了主人。

对于这位身体有障碍的先生来说，探索是一个十分可靠的伙伴。

6. 明星狗特里斯

“这条狗一定能成为优秀的导盲犬。”

对于特里斯，谁都是这么想的。特里斯很聪明，很快记住了训练的内容。而且它不怕打雷，这也十分适合做导盲犬。但它没能成为导盲犬。这是因为什么呢？

有一次，给特里斯戴上导盲鞍在路上训练时，

它一看到猫便不动了。无论训导员如何发令都不管用，它只是高兴地摇晃着尾巴，准备去追猫。

原来特里斯很喜欢猫。那之后，每次在行走训练中只要看到猫，特里斯就会忘记自己的任务，跑过去追猫。训导员反复指导也没有效果。

喜欢猫这个性格看起来很可爱，特里斯却因此成不了导盲犬。

领养了特里斯的藤川女士是志愿者组织“光明伙伴”的组长。“光明伙伴”为了让大家更多地了解导盲犬，正在开展很多活动。例如访问学校，向大家介绍导盲犬知识，或是举办导盲犬活动、集资活动等。特里斯每次都会跟着去。特里斯也许一戴上导盲鞍就会想起接受训练时的事，出色地完成了作为一条导盲犬模特的任务。

日本在 2002 年 10 月开始实施《身体残障人士辅助犬法》，允许身体有残障的人与导盲犬或服务犬、助听犬一起乘坐公共汽车、电车。

正在访问学校的特里斯和藤川女士。
即使被人抚摸，特里斯也不会生气

在一年后的 2003 年 10 月，辅助犬不仅被允许进入公共设施，还可以进入民营酒店、商场、餐厅等场所。

法律的这个规定意味着不得拒绝带领导盲犬、服务犬、助听犬的人。但这在现实中很难实行。尽管法律已经做出了规定，在那一年的 12 月还是发生了这样的事情——有一个视力残疾人团体要带着导盲犬一起住宿，却被酒店拒绝了。而且那里是公共场所。得知该事的导盲犬培训团体去了解情况，该酒店的管理人称“这里台阶较多，很危险”“有的客人不喜欢狗”等。但是导盲犬都受过上下台阶的训练，而且既不会惊吓到客人，也不会弄脏酒店。

如果因为“没有收留过导盲犬的经验”而拒绝，那法律就没有意义了。所以，无论法律如何健全，如果不能让大家了解导盲犬，也就形同虚设。

特里斯等不合格犬一有机会就会去公共场所，让大家知道接受过专业训练的狗是不会对人和场所带来麻烦的。为了让视力残疾人能够与导盲犬一同出行，特里斯等不合格犬今后也将继续努力。

餐厅等场所讨厌狗的最大理由是怕狗掉毛。

于是，“光明伙伴”的成员想出了一个主意——给导盲犬穿上外套，这样就能防止狗毛掉落了。

什么样的外套好呢？这个也不行，那个也不行，特里斯像换装娃娃似的被穿上各种外套，直到

穿着“光明伙伴”制作的外套的特里斯。“嗯，这回合适了。”

最终确定为止。但特里斯一点也没有生气。

导盲犬的身体尺寸当然是各不相同的，所以外套也得特别定制。首先要量尺寸，但这个工作意外地困难。比如，腰在哪里？体长是从哪儿到哪儿？还有腿与腿之间的尺寸以及尾巴的位置等，这些尺寸根据测量人的不同而各有差别，所以如果按照发来的尺寸制作外套，有时狗狗穿上会很不舒服。

“光明伙伴”制作的外套为便于狗狗穿着，在背上和腹部缝上了拉链，拉开口可以张开很大。另外，由于导盲犬趴在地上“Stay”的时候比较多，“光明伙伴”还在外套的侧面添了些布料，希望能让狗狗轻松一点。

外套的尺寸也考虑了狗狗今后成长的部分。另外，为了防止外套开线，还采用了“双针缝”的方法在相同的位置缝合了两次以上。

制作外套的志愿者北川女士笑着说道：“为了不让狗狗们难堪，我们反复缝了很多次。”

特里斯还与其他不合格犬一起参加导盲犬的募捐活动。藤川女士等“光明伙伴”成员从2000年左右开始发起倡议，开展募捐活动。

“请大家捐助。”

“光明伙伴”的成员及其家人们大声喊着。不合格犬们老老实实地坐在他们身边。

“可以摸一下吗？”

有的人走过来摸摸狗。

“看起来好聪明啊，不愧是导盲犬。”

“不，这是淘汰犬。”

藤川女士明确地说道。淘汰犬就是不合格犬。

路人听说后，说道："哦，是这样啊，真了不起，辛苦啦。"然后将钱投入募捐箱。

原则上是不允许抚摸导盲犬的。但是大家都想摸一摸，于是特里斯便满足了大家的愿望。

募捐筹集的钱用于购买训练所的一部分场地，以及狗狗们可以自由奔跑的广场护栏、中性水生成器等。中性水是用于消毒的水，生成器是制作中性水的机器。中性水生成器的安全性高，很多动物医院都在使用。

训练所用于培养导盲犬的预算很有限，还很不够，今后也要继续进行募捐。特里斯等不合格犬也将继续尽一份力。

7. 治疗犬塔库尔

作为导盲犬接受训练时的塔库尔是一条过于老实、不合作的狗。要是受到了批评，它会一直记在心里，影响情绪，因此成了不合格犬。

塔库尔先是作为宠物被领养，但一周后又被送回训练所，因为那家主人对狗过敏。

之后，塔库尔来到了现在的主人比嘉女士家。

比嘉女士原以为领养的会是一条小狗，看到塔库尔时，吓了一跳。因为塔库尔全身黑色，看起来有点吓人。但与外表不同，塔库尔十分老实，而且

和人很亲近，主人马上就喜欢上了它。现在的比嘉女士已经离不开塔库尔了，她笑着说：“无法想象没有塔库尔的生活。”

塔库尔凭借自己温顺的性格，现在作为治疗犬发挥着作用。

治疗犬是能够抚慰人心的狗。

由于身心有障碍，无法与他人正常交流的人通过与海豚、马、狗等动物接触，放松身心，从而使自己重获自信，获得活下去的力量，这叫作动物辅助治疗。其中与狗接触的治疗叫作狗辅助治疗。但塔库尔没有接受特别的训练，也没有取得资格，只是领养的人们聚集起来，带着狗狗们怀着轻松的心情去探访养老院，希望能进行狗辅助治疗。

每到狗辅助治疗的日子，“汪汪伙伴”的成员就会带上狗探访养老院，让老人们抚摸狗狗，或是抱抱狗狗，一起度过一段开心的时间。

不论是狗还是人，都没有必须做一件了不起的事的想法。所以养老院的工作人员们都感到很轻松，高兴地说：“我们需要的就是这样的交流。”

平时不怎么说话的老人们只要狗狗陪在身边，就会不自觉地说出话来。

“好可爱啊，几岁啦？”

“我年轻时，家里也有一条这样的狗。”

“我在电视上看过这条狗。”

“来握个手。”

“叫什么名字啊？”

养老院每天都按固定的日程活动，所以偶尔有外部的探访，对老人们的大脑是一个很好的刺激。

探访养老院的狗的种类有很多，有不做导盲犬的拉布拉多猎犬，还有马尔济斯犬、吉娃娃、博美犬、比格犬、柯基犬等。它们既不会乱叫，也不会打架。

塔库尔每月探访养老院两次，现在已经是第七年了。它与主人比嘉女士都是团队的中心成员。

塔库尔在散步时每次遇到老人就会凑过去，仿佛在说“啊，是老奶奶（老爷爷），我要开始工作了”似的。它还会贴在老人身上蹭。

有一天，塔库尔遇到了在“集体之家”生活的老人们。塔库尔过去蹭老人们，老人们很开心。陪老人一起散步的工作人员说：“能让它来我们的养老院玩吗？随时欢迎。”

听说可以随时去，塔库尔与比嘉女士一有时间就去探访“集体之家”，至今已经坚持三年了。

塔库尔还开始了面向孤独症儿童的辅助治疗。

与身体上的障碍不同，孤独症由于难以被注意到，所以很难得到他人的理解。但这并不是一种疾病。孤独症人士的大脑天生带有障碍，难以理解听到的和看到的事物所包含的意义。所以有的人会无法与人正常交流，有的人会沉不住气、在房间里转来转去，还有的人会大声叫喊。

大阪府堺市的“白杨园”于2012年7月设立，与学童保育相同，主要在放学后接管有心理障碍的儿童。

与普通的学童保育不同的是，孩子们在一个房间里很少一起说话、玩耍。其中也有活泼好动的孩子，但大多数孩子都是坐着（或是躺着）一动不动。无论工作人员怎么与孩子们说话，他们都没有反应，也不敢看工作人员的眼睛。

反复听磁带的孩子对其他的事物不感兴趣。明明身边有其他小朋友，但他们就像一点都不关心或是根本没有注意到似的。

但是这些孩子只对塔库尔感兴趣。

原本害怕狗的孩子也慢慢地靠近塔库尔，用手指试探地去抚摸，先是头，然后到后背，最后是尾巴。

塔库尔对待这些孩子也同样显得温柔，没有表现出讨厌的样子，也没有乱叫。看到有拉塔库尔耳朵的孩子时，比嘉女士和工作人员会去阻止，嘴里说道："好痛，好痛。"

有的孩子从来没说过话，却说出了"塔库尔"这个词。有的孩子表面上好像不感兴趣，眼睛却一直跟着塔库尔。原本没有表情的孩子们，一看到塔库尔就会高兴起来。

塔库尔每个月去"杨树园"一两次，还不到半

与喜欢的孩子们靠在一起的塔库尔

年，工作人员们都说孩子们已经渐渐有了变化。

来接孩子的妈妈中，有的人对自己孩子的变化十分吃惊。

狗狗的力量真的很强大。

比嘉女士说，自从来到“杨树园”后，才发现塔库尔很喜欢孩子。

“塔库尔在这里很放松，和孩子们玩得很开心。”

塔库尔有时会趁人不注意，将孩子们的玩具叼过来当作自己的玩具。

“塔库尔，放下。”

孩子们看上去都没有注意，实际上都看到了。

比嘉女士说：“塔库尔似乎感觉去养老院是在工作，而孩子们是自己的伙伴。”

塔库尔还每月探访一次一个叫由美的女性。由美女士因脑梗死卧床不起。在由美女士家里，塔库尔的样子与在养老院和与孩子们在一起时截然不同。塔库尔一直趴在由美女士的身边，有时会在被子上翻下身，但自己的身体一直贴着由美女士。

医生说由美女士完全没有反应。但比嘉女士拿着由美女士的手抚摸塔库尔的头和身体时，由美女士会露出开心的表情，睁着大眼睛看，有时还会感动得流出眼泪来。

第一次来时，由美女士正躺在护理床上。由于床很高，比嘉女士决定让塔库尔坐在椅子上。比嘉女士说："先试试看。但估计它不会上去。因为我一直教它不能上椅子。"在养老院让塔库尔坐上椅子时，它也没有上去。

这次估计也不行，比嘉女士将手放在椅子上对塔库尔说"Up（上）"，塔库尔毫不犹豫地就跳上了椅子，然后将前脚放在由美女士的床上，做出趴下的姿势一动不动。由美女士抚摸它的身体和头它也不会紧张，而是很自然地睡着了。

比嘉女士说："我感觉塔库尔知道自己来这里做什么，知道大家需要什么。"

由美女士很期待塔库尔的到来。

比嘉女士还说：“估计塔库尔来到我家之前，受到了很多人的关爱，我十分感激。今后希望通过我与塔库尔‘两人三足’的努力，能为社会不断做出贡献。”

8. 还有很多努力着的不合格犬

育儿名犬帕特

帕特小时候经常咬拖鞋，扯毛衣，很爱捣蛋，但其实它是一条胆小的狗。

进入训练的帕特很聪明，学得很快。但它容易厌倦，不喜欢重复相同的事情。一旦决定“这件事只做一次”后，帕特就不会再对它感兴趣了。

另外，帕特第一次去陌生地方会感到紧张，遇到陌生的狗会因为害怕而吼叫。

帕特因此而成了不合格犬，被导盲犬寄养家庭的松田女士领养了。

松田女士没想到还能把帕特领回来，她已经领养了另一条小狗。

帕特十分喜欢松田女士领养的小狗蒂芙尼，经常与它玩。蒂芙尼经常乱咬东西，帕特教育它不能乱咬，蒂芙尼便不再咬拖鞋、毛衣了。多亏了帕特，蒂芙尼不再让人操心了。

之后，帕特培养的蒂芙尼顺利地成了导盲犬。蒂芙尼培养了另一条叫作妮娜的小狗，妮娜也成了导盲犬。

育儿名犬帕特现在又在照顾一条名叫杰西卡的小狗。不久，杰西卡也将成为导盲犬。

帕特今后也将作为导盲犬饲养员培养出更多的导盲犬。

帕特在照顾孩子方面很在行。妮娜也被培养成了导盲犬

导盲犬寄养家庭的人经常带着小狗来松田女士家里玩。每到这时，帕特都会去照顾小狗。那样子简直让人想象不出它会在训练时看到陌生的狗害怕得乱叫。

现在，帕特见到有熟悉的人来到家里，会高兴得乱叫。

奥兹瓦尔德的任务

奥兹瓦尔德是由导盲犬的种犬生下的，它有严重的残疾，两腿之间的关节严重变形[①]。因此，奥兹瓦尔德走上十分钟左右，就得坐下休息。

很少有人愿意领养有残疾的狗。因为不仅不好照顾，还要花很多钱治疗。而且奥兹瓦尔德的残疾是一生也治不好的。

尽管条件很差，但山口县的惠子女士还是领养了奥兹瓦尔德。惠子女士曾经领养过退役导盲犬[②]，一直照顾它到去世，是一个很善良的人。

“因为我有工作，平时都是父母在照顾。

“奥兹瓦尔德刚来时，我们不知道该如何照顾，只是严格遵守医生的嘱咐，不让它走得太久、吃得太多，真的是全力以赴了。”

---

① 奥兹瓦尔德的脚与大腿骨和腰连接的部分变形了。

② 结束导盲犬工作的狗（大多是上了年纪的狗）。

如果体重增加了，腿部的负担就会增加，因此惠子女士一家对奥兹瓦尔德的饮食十分注意。

也许是因为惠子女士一家严格遵守了医生的嘱咐来照顾奥兹瓦尔德，奥兹瓦尔德至今为止未做过大的手术。

现在已经可以小跑了的奥兹瓦尔德。真是太好了

惠子女士说："现在已经知道奥兹瓦尔德的病情了，我们尽量让它在适当的范围内自由活动。"

"光明伙伴"的成员们为了在奥兹瓦尔德需要做手术时能帮上一点忙，设立了奥兹瓦尔德基金。成员们制作了爱心胸章以及小甜饼干等，将卖掉的钱用于基金。奥兹瓦尔德基金一点点增加，现在已经能够援助其他患有残疾的狗狗了。

奥兹瓦尔德虽然因严重的残疾而没能成为导盲犬，但奥兹瓦尔德基金的成立使它完成了自己的使命。

惠子女士说："能领养这么好的孩子，真的是太好了。奥兹瓦尔德的性格温和，而且很关心人。偶尔也会捣蛋，但这也很可爱。"

在惠子女士因加班回家晚的时候，奥兹瓦尔德会高兴地迎接她。惠子女士看到奥兹瓦尔德就会一下子忘掉疲惫。

"对我们家来说，奥兹瓦尔德不是什么不合格犬，而是满分犬。"

在惠子女士的朋友中，奥兹瓦尔德是个偶像。

会两种语言的爱波利

爱波利原本是要成为种犬的狗，但在小时候，患了一种叫作全骨炎[①]的腿部疾病。虽然依靠药物抑制住了疼痛，但病情不断反复，右后腿治好后，左后腿又发病，左后腿治好后，前腿又发病。

据说过了两岁后可以痊愈，但如果怀了小狗宝宝，体重会增加，腿上的负担也会加重。因此，爱波利不得不放弃做种犬，而是作为导盲犬开始了训练。

爱波利的注意力集中，记东西也很快，非常适合做导盲犬，但它没有合格。理由是它的性格过于开朗，一高兴起来就会摇尾巴，有时连屁股一起摇。甚至由于太过高兴，有时还会轻轻地咬人。虽然这是它表示开心的方法，但对于视力残疾人来说，只会觉得自己被咬了。因此爱波利被认为不适合做导盲犬。

---

① 多见于大型犬的疾病。在狗小时患病，长大后会痊愈。

最后，爱波利被养育过自己的寄养家庭的黑木女士领养了。黑木女士办了一间英语教室，主要面向幼儿及小学生。爱波利非常喜欢小孩子，有孩子头一次见到它时，为了不让他们害怕，它会露出肚子，或压低身体，仿佛在说："可以摸摸我哦。"

于是害怕狗的孩子也不害怕了，还对黑木老师说："下课后叫狗狗过来啊。"对于第一次摸狗的孩子，爱波利也很乖，立刻让大家喜欢上了狗。

来到英语教室的孩子都很喜欢爱波利

黑木女士的梦想是带着爱波利去英国，因此她坚持用英语指挥爱波利。

When I am at the table, you have to be under it.

（我坐在桌子前时，你要在桌子下面。）

Get in the car! Go to the back.

（上车，坐在后面。）

You have to stay at home.

（你在家待着。）

爱波利能听懂日语和英语，是一个会两种语言的“大小姐”。

“Which side?”（哪边？）

爱波利善于猜点心藏在哪只手里。黑木女士将两只手攥成拳头放在爱波利眼前。爱波利将自己的前脚放在黑木女士拿着点心的手上，基本都能猜中。

爱波利还没有改掉一高兴就咬人的毛病，但黑木女士微笑着说：“爱波利是我们的孩子。”

步行体验犬哈皮

哈皮是一条优秀的狗，很顺利地通过了导盲犬的训练。但在它即将作为导盲犬开始工作时，患了一种原因不明的皮肤病，皮肤溃烂，脚底的肉垫间渗出血和脓，看起来很痛苦。

之后，哈皮的病完全好了。但由于花了很长时间，很可惜，它只能成为不合格犬了。

虽然哈皮没能成为导盲犬，但它已通过了测试，于是成了日本灯塔导盲犬训练所的公开表演犬。但由于不能在训练所饲养它，便将其交给了普通家庭的早田女士。

在开展导盲犬活动时，哈皮与日本灯塔导盲犬训练所的工作人员一起站在街头宣传，或去学校向大家介绍有关导盲犬的知识，向大家展示导盲犬能够发挥什么作用。

有的视力残疾人问“带着导盲犬走路是什么感觉？”并希望能体验一下，这时就会让哈皮出场。

让视力残疾人体验狗的大小以及行走的速度等

在做步行体验时的哈皮，它已经很习惯这个工作啦

努力着的哈皮仿佛在说：“我很喜欢这个工作。”

是很重要的工作。

另外，有时还会有国外的候补导盲犬，它们在接受训练之前，必须先适应在日本的生活。这些国外的候补导盲犬都会先寄养在哈皮所在的早田女士的家里。

狗有狗的交流方式。这些国外的狗狗遇到有不明白的事，只要模仿哈皮就行了。听说它们都适应了日本的生活，每天十分开心。

哈皮很友好，即使刚来的国外狗进入自己的狗窝中睡觉，也不会生气。哈皮总是能够接受陌生的狗。

成为燕子爸爸的库帕

库帕是一条适合做导盲犬的狗。戴上导盲鞍后，库帕就会走到训导员的身边，配合训导员的步伐，引领其行走。

但问题是，库帕讨厌狗窝中的生活，经常吼叫或低声“呜呜”地叫。

有一次，库帕咬了一个路过狗窝前的工作人员的手。幸好没有什么大碍，但可以看出库帕一定很讨厌狗窝。训练所认为，再这样下去，库帕就会抑郁，因此库帕没能成为导盲犬。

原本以为像这样的狗不会有人要，但马上就有人领养了。

领养人中间先生回想起第一次见到库帕时的情景时说道："之前听说它是一条不好对待的狗。但不知为什么，比起那些摇着尾巴凑过来的狗，我更喜欢库帕这样酷酷地看着我的狗。"

大概是因为与主人性情相投，库帕逐渐平静下来，不再吼叫或低声"呜呜"了。

一天，在散步途中，库帕发现了一只掉在路边的小燕子。

"主人主人，我们不能扔下它不管啊。"

库帕趴在地面上看着小燕子，仿佛在对主人这样说道。

"这可怎么好？"

中间先生将小燕子捧了起来，库帕高兴地站起来看着小燕子。

库帕看着站在中间先生手指上的小燕子

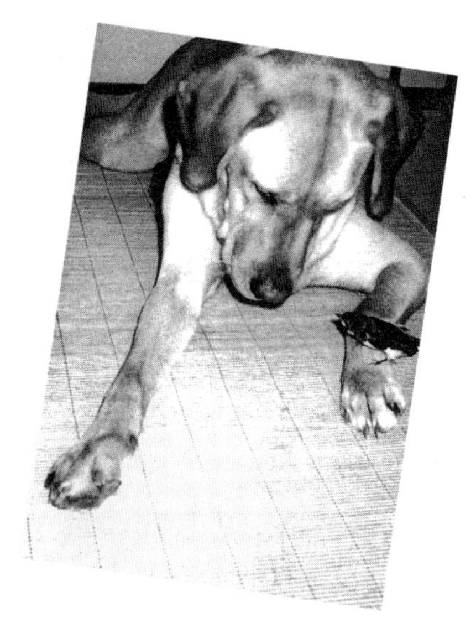

中间先生四处环视了一下，没有看到燕子窝。再看库帕，那眼神仿佛在说："带回家吧，好吧？好吧？"

"真拿你没办法。"

中间先生将小燕子装入了口袋，库帕这才放下心来继续走。

中间先生决定喂小燕子活虫子吃，将它养大。有一天，中间先生买东西回家后吓了一跳。只见库帕正用自己的脚托着从纸壳箱中掉出来的小燕子，一点点地移动，就像是在摇晃摇篮似的。

从那天开始，库帕变成了一位和蔼可亲的爸爸，一心一意地养育小燕子，直到它能够离巢。

"库帕，一起玩吧！"

有时住在附近的小朋友会来中间先生家，骑在库帕的背上，或是抓他的耳朵。但库帕都是老老实实地待着，任凭孩子们胡闹。

"什么？那个库帕吗？"

原来在训练所里知道库帕的人都很惊讶。

还有很多讲述导盲犬与人的纽带的佳话

“光明伙伴”的成员藤田女士领养了做导盲犬十年的格雷格。刚来到家时，格雷格由于腿疼，基本上都是躺着。之后，又发展成不能小便。家人们对它进行了种种治疗，例如吃药、在医院做激光治疗、插管帮助它排便等。经过家人们的悉心治疗，格雷格逐渐可以行走了。

在医院或公园里见到人时，藤田女士就会介绍

说："它做了十年的导盲犬。"所有见到格雷格的人都不会害怕，亲切地抚摸它。

藤田女士每次见到人就会告诉对方格雷格如何受使用者的喜爱。因为很多人认为导盲犬很可怜，听到藤田女士的解释后，就会放下心来。邻居们也会鼓励格雷格说："加油！""早点康复哦。"

在藤田女士一家人的关爱下，格雷格腿上的疼痛已经消失，正在享受剩余的人生。

在日本灯塔导盲犬训练所的开业日，我遇到了歌手中村美律子女士。虽然是第一次见面，但中村女士露出了灿烂的笑容，她是一个很亲切的人。

中村女士将演唱会的收入以及慈善高尔夫球赛等的捐款捐助给了导盲犬事业，这一捐就是十年。通过她的捐款培养的导盲犬有二十条。

"您当初为什么要捐助导盲犬？"我问道。

"我出道比较晚。我的《壶坂情话》① 获得了成

---

① 歌颂一位照顾视力残疾人丈夫的妻子的歌曲。

功，虽然有点晚，但也上了 NHK 的红白歌会。这都是多亏了大家的支持。为了表示感激之情，我想为社会做点贡献，于是与作词家成世唱平先生商量，他建议我做点有实际意义的事。”

于是中村女士决定培养导盲犬。

茑田女士便是获得中村女士的导盲犬的受益人，她成年后失去了视力，为了取得针灸师资格，在国立视力障碍中心学习。因为要在宿舍居住三年，茑田女士决定带导盲犬进去。但中心的工作人员对茑田女士说：“你怎么还能带狗进来？”不让她带狗住宿舍。没想到为视力残疾人建造的设施，对导盲犬的认知程度也这么低。

由于没有给狗洗脚的地方，即使是在寒冷的冬天，也只能用室外的冷水洗。但是在茑田女士住宿舍期间，中村女士还是想办法让狗进了宿舍，并设置了一个可以给狗洗澡和梳毛的地方。

但人们接受导盲犬的情况还不是十分理想。日本各地的国立视力障碍中心对待导盲犬的态度也各不相同。对于视力残疾人来说，导盲犬就是他们的眼睛，但有的中心只准许在阳台饲养导盲犬。即使是最应该理解视力残疾人的场所，对待导盲犬的态度也存在着很大问题。

“我之所以能坚持三年，多亏了闪光。每次回到宿舍它都会摇着尾巴迎接我。我的家在大阪的交野，回家要花三个小时。多亏了闪光跟着我，回家的路上也很开心。”

莺田女士开了针灸院后，首先为中村女士做了治疗。这是她们之前约定好的。

使用者一般都是带着导盲犬一个人默默地在规定的道路上行走。

“光明伙伴”号召大家“偶尔试试边聊边走吧”。除了带着导盲犬的使用者外，工作人员及志愿者也加入了其中。小狗、不合格犬，还有退役导盲犬也聚集过来，每次活动都很热闹。

“让我摸摸小狗。”

与导盲犬一起参加活动的使用者小心翼翼地抱

起小狗，说：“哇，好小啊。我家的狗狗是不是也这么小啊？”

寄养家庭的人也高兴地说：“得知我们培养的导盲犬受到这样的关爱，真是太好了。”

“与使用者同行会”是促进相互理解的重要活动。

在采访关西服务犬协会的上农先生时，他正在为一个患有骨髓灰质炎的女孩训练导盲犬摇滚。

这个女孩叫绫野，是坐轮椅上学的小学六年级学生。绫野的左手麻痹，右手也不能自由活动，在教室里经常把铅笔掉在地上。在小学三年级之前，同学们都很热情地帮她捡起来，但听说最近他们有时会装作没看见。

要是服务犬的话，它就会不厌其烦地帮助绫野捡铅笔，但必须先建立起狗与绫野之间的信任关系。

“绫野，摇滚会很努力的。绫野也会努力吗？”

听上农先生这么问，绫野深深地点了下头，然后真的很努力。

“不能让摇滚闲着。”

绫野这样认为，然后她就练习用不自由的手扔皮球，或坐在轮椅上用塑料瓶向狗的碗中倒水，或是将大豆倒入碗中，练习给狗喂狗粮。而且她还努力自己一个人上厕所。

我问道：“绫野很快就能带服务犬上学了吧。”

“这个嘛……”

上农先生不置可否。

据说带服务犬上学需要得到行政批准。也就是说，要想让摇滚被认可为服务犬，就必须接受认定机构规定的测试。身体有障碍的绫野也必须一起去神奈川县的认定机构，否则不予受理。身体有障碍的人从大阪前往神奈川县是很困难的。①

“测试就是看能不能打开冰箱门，或是拾取物品，但辅助内容根据使用者的不同而千差万别。有的人不需要打开冰箱门，这些情况即使看手册也没

① 之后，规则有了修改，改为在日常生活的地点进行认定测试了。

有用。摇滚对绫野来说是不是必要的，应该让那边的人亲自过来，在现场看一看绫野与摇滚的交流，然后再做判断。”

规则到底是为谁制定的？希望能让残疾人、儿童、老人等弱势群体更容易生活的社会早日到来。不，一定要到来。

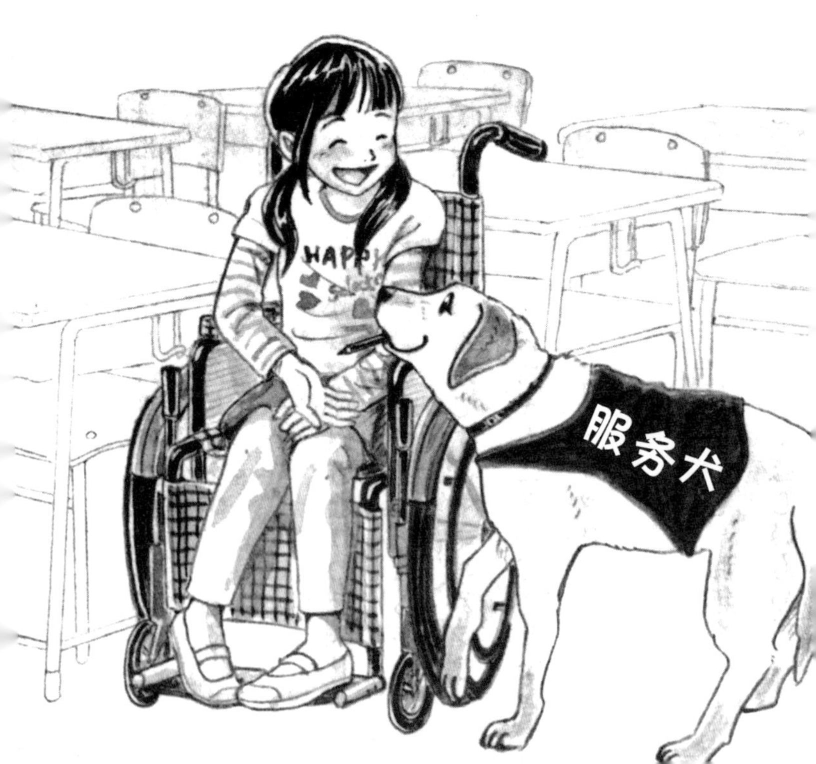

后　记

这附近好像有条导盲犬。说“好像”是因为它的主人是个视力正常的人。

我不禁好奇地问：“您为什么要养导盲犬？”对方回答：“是不合格犬。”

我听后有点失望。因为在我心里，不合格犬等于不够资格的狗。

但令我感到意外的是，那条狗很聪明，也很和善，就像训练有素的导盲犬一样。一问才知道，这条狗与其说是没能成为导盲犬，不如说只是不适合做导盲犬。

此外我还得知，并不是所有接受过训练的狗都能够成为导盲犬。那些不合格犬活得都很精彩，与我通过它们的称呼想象的完全不一样。

记述导盲犬一生的书有很多。每本书都会带给人感动。大家在影视剧中看到导盲犬为人类做贡献的样子，一定也会有感动得哭出来的时候吧。导盲犬的一生就是令人感动的。

但遗憾的是，人们只关注导盲犬，对于那些虽然接受了训练但选择了其他发展方向的狗不太了解。

成为导盲犬的狗固然很优秀，但是没能成为导盲犬的狗也在努力着。我想让大家知道这一点。我认为这是我应该做的。

不合格犬是为了方便大家理解的称呼，正确的叫法是淘汰犬。我重申一次，它们只是不适合做导盲犬而已。

大家各不相同是理所当然的。每条狗按照自己的方式活着就是在发光发亮。对人来说也是一样。首先要有一个目标，即使没能实现这个目标，我们的价值也不会改变。就像不合格犬能够找到各自的存在价值一样，我们也一定会找到适合自己的道路。

车到山前必有路。按照自己的方式生活才是通往幸福的捷径。

在写这本书时，感谢日本灯塔导盲犬训练所的工作人员提供给我很多关于导盲犬及其训练的信息，并且热情地带我参观了训练现场。多亏了大家对导盲犬的爱以及严格的训练，每年大约有二十条导盲犬从日本灯塔导盲犬训练所成功培养并送出。

大家辛苦了，谢谢大家。今后也期待大家的成果。

2004 年 6 月

泽田俊子

“青鸟文库[①]”出版寄语——不合格的导盲犬之后

从这本书第一次出版以来，已过了九年。泽娜、杰贝林、特里斯、本吉，以及其他的狗基本都已去了天堂。它们为我们留下一句话：“按自己的方法活着就好。”

本吉与里美的故事被收录在日本高中二年级的英语教科书中，标题是“*The Story of Benji and Satomi*”(《本吉与里美的故事》)。

被本吉拯救了生命的里美曾说要做一名训导员。那么里美现在怎么样了呢？为了解其后的情况，我拜访了住在广岛县的里美的妈妈。凑巧里美也在这一天回家了。

① 日本讲谈社出版的少儿读物系列，自1980年创建起就备受孩子们喜欢。——编注

里美从富士高中毕业后，考入了东京某大学的生命环境学院动物科学系。在大学的四年间，里美学习了动物心理学和行动学等课程，并已毕业，现在正在动物医院做护士。里美一边工作，一边备考导盲犬训导员学校的考试。

听说里美无法忘记六年前死去的本吉。里美的妈妈说："本吉也一直想念着里美。"自从里美考入大学离开家后，本吉每次看到女高中生路过，就会用眼睛找里面有没有里美。

里美回想自己童年时的痛苦经历，说道："要是本吉没来我家，真不知道我会是什么样子。"她十分庆幸自己当时没有选择放弃生命。

里美的父亲在两年前去世了。他在临终前对里美的妈妈这样说道："我和本吉在天上等着你们呢，你们好好活着，我们会再见的。"

"丈夫与本吉在一起"，这个想法鼓励里美的妈妈从悲伤中走了出来。

里美的妈妈说："本吉不仅拯救了里美，也给了我们家很大的力量。"

估计魔术犬拉唐也早已不在人世了。我给拉唐的主人牧野先生打电话一问才知道，拉唐竟然还活着。它已经十五岁了，按人的年龄来算，已经是个老爷爷了。拉唐现在已经退休，正看护着第三代魔术犬哈尔克。

哈尔克是条拉布拉多猎犬，与拉唐一样，是条不合格犬。由于它一高兴就会兴奋，在路上遇见其他狗时，就想跑去一起玩，因此成了不合格犬。但是哈尔克特别喜欢自己的工作，一到寒暑假和春假，它就会被孩子们包围，十分开心。

在哈尔克之前，还有第二代魔术犬奎斯塔。奎斯塔由于害怕上电车，成了不合格犬。但哈尔克是一条十分聪明的狗，能听懂牧野先生说的话，但不知为什么，它对魔术完全不感兴趣。

奎斯塔一直跟着拉唐学习魔术，但无论怎么教它，它都装作不懂。拉唐去养老院时，奎斯塔也想跟去，于是便带它一起去了。但在养老院里，奎斯塔根本不想参加魔术表演，于是牧野先生放弃了。

在某一年的 12 月 31 日，发生了一件事。拉唐因病住院，无法上台表演了。第二天就是元旦，牧野先生的酒店已有了很多预约，都是想看魔术犬表演的带着孩子的客人。

“怎么办？”

牧野先生十分为难，他试着将奎斯塔放在舞台上，没想到奎斯塔竟然很好地玩起了魔术。

“奎斯塔是条聪明的狗，估计它看出我们为难了。它之前一直看拉唐表演魔术，都记在心里了。”

奎斯塔在十一岁时因癌症去世了。牧野先生十分伤心。但之后，性格开朗的哈尔克填补了牧野先生内心的空白。

《治疗犬塔库尔》是我为“青鸟文库”写的文章。我去采访塔库尔时，再次感受到了狗所拥有的力量。而且还有一个新的发现。那就是，塔库尔自身完全没有想要做好事的想法。它只是按照自己的方式活着，却不知不觉地为人做出了贡献。这也许就是狗狗们了不起的地方。

我想人也是一样的，这样的活法才是真正的关爱。

《不合格的导盲犬》在“青鸟文库”出版后，会有更多的孩子读到。我想文中登场的狗狗也会很高兴。本文加入“青鸟文库”后，没能成为导盲犬的狗狗今后将继续为我们声援：“不要灰心，按自己的方式活着。”

“青鸟文库”编辑部的谷口智子女士当初对我说：“请将《不合格的导盲犬》在‘青鸟文库’出版吧。”我在此表示感谢。同时感谢允许本书在其他出版社出版的学研出版社的山本耕三先生。多亏了大家的帮助，不合格犬才能再次展现在人们面前。

第一次采访已过去很多年，很多事情需要重新调查。感谢日本灯塔导盲犬训练所的赤川芳子女士接受我的多次访问，并在百忙之中细心回答我的问题。

我对热情接受采访的大家表示衷心的感谢。

2013 年 5 月

泽田俊子

日本灯塔导盲犬训练所的请求

大阪的日本灯塔导盲犬训练所正在招募寄养家庭（领养志愿者）、淘汰犬（不合格犬）及退役犬的领养家庭。

●寄养家庭

收养出生后五十天左右的小狗，为了让其能作为导盲犬在人类社会中生活，在十到十二个月间对小狗进行基本训练的家庭。

●淘汰犬（不合格犬）的饲养

就像这本书中登场的狗狗一样，因为性格或健

康方面的原因而没能成为导盲犬。领养这些狗狗作为宠物的家庭就是淘汰犬饲养家庭。

●退役犬的饲养

作为导盲犬帮助有视力障碍的人行走，或作为其心灵寄托的狗狗到了十到十二岁时，便结束工作退役了。出于慰劳的心意，将退役犬作为宠物领养并照顾到其临终的家庭就是退役犬饲养家庭。

著作权合同登记号 图字 01-2024-4352

《**MOUDOUKEN FUGOUKAKU MONOGATARI**》
©TOSHIKO SAWADA 2013
All rights reserved.
Original Japanese edition published by KODANSHA LTD.
Publication rights for Simplified Chinese character edition arranged with KODANSHA LTD.
through KODANSHA BEIJING CULTURE LTD. Beijing, China
本书由日本讲谈社正式授权，版权所有，未经书面同意，不得以任何方式做全面或局部翻印、仿制或转载。

图书在版编目 (CIP) 数据

不合格的导盲犬 / （日）泽田俊子著 ；（日）佐藤弥惠子绘 ；麻春禄译. -- 北京 ： 人民文学出版社， 2025.
（救救动物！）. -- ISBN 978-7-02-019292-2
Ⅰ. I313.85

中国国家版本馆 CIP 数据核字第 2025PH6167 号

责任编辑 李 娜 王雪纯
装帧设计 钱 珺

出版发行 人民文学出版社
社 址 北京市朝内大街166号
邮政编码 100705

印 刷 安徽新华印刷股份有限公司
经 销 全国新华书店等

字 数 46千字
开 本 787毫米×1092毫米 1/32
印 张 3.375
版 次 2025年6月北京第1版
印 次 2025年6月第1次印刷

书 号 978-7-02-019292-2
定 价 25.00元

如有印装质量问题，请与本社图书销售中心调换。电话：010-65233595